Gérard Bialestowski

1985-A3-E-48 (1)
2

P'tit' Pince

Collection Jeunes du monde
dirigée par
FLAVIA GARCIA

ÉDITIONS DU TRÉCARRÉ

Données de catalogage avant publication (Canada)

Bialestowski, Gérard

P'tit' Pince

(Collection Jeunes du monde; 3)

ISBN 2-89249-599-7

I. Titre. II. Collection.

PZ23. B52Pt 1995   j843'.914   C95-940308-6

Éditions du Trécarré
817, rue McCaffrey
Saint-Laurent (Québec)
H4T 1N3
Tél.: (514) 738-2911

Directrice de la collection: *Flavia Garcia*

Conception de la maquette: *Joanne Ouellet*

Illustrations: *Marie-France Beauchemin*

Illustrations du lexique: *Sylvie Nadon*

Mise en pages: *Ateliers de typographie Collette inc.*

ISBN 2-89249-599-7

Dépôt légal – 1995
Bibliothèque nationale du Canada

Imprimé au Canada

Éditions du Trécarré
Saint-Laurent (Québec) Canada

Il y a le désert.

Il y a le soleil.

Que peut-on faire ici? Rien ou si peu.

Compter les grains de sable, mettre auprès du jaune d'or le blanc le plus pur, jusqu'à la nuit. Et compter les étoiles jusqu'à ce que vienne le sommeil.

Quand il fait noir, un grand vent efface tous les chemins que ses pas ont tracés. Il ne s'éloigne guère du point d'eau.

Chaque matin, il s'étonne de retrouver ce monde où il existe à peine.

Quand il a du mal à s'endormir, il regarde la lune qui est un bouclier d'argent et les étoiles en pointes de couteau.

À l'aube, sur l'horizon, rouge comme un mensonge, se lève le soleil.

L'enfant s'assoit, prend dans ses mains une poignée de sable; ainsi le temps s'en va.

Sans rire, sans pleurer, il demeure dans la lumière.

Il ne rêve même pas.

Il n'y a que le souvenir.

Le souvenir, c'est une maison au bord du fleuve, un ciel clair, des oiseaux.

Le silence berce le sommeil, c'est l'après-midi, il fait bien trop chaud. Une femme pose sa main sur son épaule et nomme les plantes et les animaux. Sa voix est une seule grande belle histoire.

Il se souvient.

Il se souvient des parfums et des couleurs, des rires, des regards.

Près de la maison, un homme lui dit: «Mon fils».

Il est le seul à donner une forme à l'argile, à dire la force du bois et le poids des outils...

C'était autrefois.

Ces deux visages, il les voit souvent tout près de lui. S'il fait un geste, ils disparaissent.

L'enfant a peur quand vient le vent de la nuit, car c'est avec lui que la maison est morte: les hommes méchants sont venus avec les torches, les fusils et les cris. C'est avec lui que la voix qui disait si bien le nom de toutes les choses est devenue un cri: «Cours, cours, droit devant toi, cours, va-t'en d'ici!» C'est avec lui que son père est tombé dans le fleuve et que le fleuve, autour, s'est couvert de fleurs rouges. Toute la nuit, sans jamais se retourner, il a couru entre les arbres de la forêt, à travers les hautes herbes de la plaine, sans même voir la lune et les étoiles, et les chemins qu'elles dessinent dans le ciel.

Entre les rochers des collines, sur les bords des marais, il a couru, vers l'herbe rase des plateaux, sur les lichens des falaises et dans le lit des rivières desséchées...

Et c'est avec le soleil rouge qu'il était parvenu au désert.

Il s'était endormi comme un mur qui s'écroule.

Il avait vu en songe une étrange machine, des lumières, entendu des rires. Une voix disait: «Le fleuve est à toi.»

Au réveil, il était seul.

En lui crépitaient encore les flammes et les cris, s'élargissaient les pétales sur le fleuve.

Et ce matin-là, pour la première fois, il s'était assis sur le sable.

Il n'avait ni faim ni soif.

Il voulait simplement se souvenir.

Il lui fallut pourtant boire et manger.

À quelques pas de vieux murs presque enfouis, derniers vestiges d'un très ancien village, il découvrit non pas une véritable source, mais un mince filet d'eau, non loin d'une étroite bande de terre noire. Sous un buisson épineux poussaient quelques plantes; il savait qu'on pouvait en manger les racines. Il y avait aussi plusieurs arbustes aux fruits bleus.

C'est ainsi qu'il prit l'habitude de dormir.

Il n'y avait que lui, le vent de la nuit et quelques insectes lents dont les minuscules déplacements faisaient crisser le sable.

Il les observait parfois très longtemps; c'était comme s'ils comptaient, eux aussi, les grains de sable.

Quand il s'éveillait, il buvait quelques gorgées d'eau et mangeait des baies dont la peau craquait sous ses dents. Il s'asseyait, il attendait.

Souvent, la nuit, la voix qui avait dit: «Le fleuve est à toi» murmurait à son oreille. Mais c'était peut-être le désert qui se moquait de lui.

Et contre le désert et le soleil, contre le vent et la nuit, il vivait.

Ce soir, le soleil, en équilibre à l'horizon, fracasse encore une fois sa lumière sur le métal du ciel.

Image habituelle... Seulement, elle est accompagnée d'un vrombissement énorme.

Est-ce le dernier cri du soleil?

C'est ce que se dit l'enfant.

Le bruit ne cesse pas. Et sous le soleil, un gros nuage de poussière blanche, striée de rouge et de jaune.

L'enfant s'est levé; il porte les mains à ses oreilles.

Le nuage dévore l'horizon, engloutit les derniers rayons. Le bruit grandit encore; maintenant, c'est un grondement violent, traversé de hurlements aigus.

Est-ce la nuit qui ricane et se réjouit de la mort du soleil?

Un dernier hurlement, et plus rien. Le désert est silence.

L'enfant n'entend plus que sa respiration saccadée, haletante.

Et, soudain, un rire. Un rire d'homme, un rire énorme, à n'y pas croire.

Quelqu'un est ici, près de lui, dans la nuit du désert.

Le vent froid est venu, mais il n'y prend pas garde.

Parce qu'il y a ce rire. Et dans ce rire, il retrouve l'image du fleuve et celle de la maison, et le parfum des fleurs et jusqu'au nom des choses.

Puis le rire s'apaise. Deux lumières vives surgissent dans la nuit et la déchirent comme une vieille robe.

Une lente silhouette s'avance, précédée d'une ombre géante.

- C'est un fantôme qui vient me prendre, le diable des dunes, le démon du vent!

Dans cet éblouissement, il demeure immobile, comme l'était jadis la statue de bois à l'entrée de la maison, celle que les hommes méchants avaient roulée jusqu'au fleuve à la lueur des torches.

Mais le rire devient voix. C'est une voix grave et moqueuse; le démon devient homme et l'enfant l'écoute:

- Nom d'un chien fou! C'est bien ma veine... une panne, bonsoir de bonsoir, une panne, ici, dans ce fichu désert! C'est pas croyable, il n'y a qu'à moi que ça arrive des trucs comme ça. Enfin...

La voix roule dans la nuit; l'enfant écoute.

- Pas un chat, pas un mot, pas un chameau! Et pas une pompe à essence, faut pas rêver, mon p'tit vieux, on n'est pas sur l'autoroute ou sur le périphérique entre la porte de Versailles et celle de la Chapelle, faut s'y faire. Tiens, bravo, il ne manquait plus que ça, la batterie qui faiblit. Allez, coupe les phares, mon Jojo, tu y verras plus clair demain. Et prends une couverture, ou tu vas geler. Brrr!

Bruits de portières, grognements, objets remués, claquements.

- Eh... mais je parle tout seul maintenant... décidément, c'est pas mon jour!

Le rire renaît et le désert semble disparaître.

L'enfant savoure cet instant précieux: cela faisait si longtemps, si longtemps...

- Monsieur...

C'est d'une toute petite voix qu'il parle.

Il hésite, il n'a plus l'habitude, le sable n'avait pas besoin de ses paroles.

- Monsieur... vous venez du fleuve?

- Hein? Voilà que j'entends des voix, maintenant. Mon vieux Jojo, va donc te coucher, la fatigue te joue des tours.

L'enfant s'approche de l'homme, craintivement; il lui touche le bras...

Une lampe de poche s'allume soudain.

- Ah, ça... ouf! Je ne rêvais pas, ça va mieux. Mais qu'est-ce que tu fais là, toi? Il y a un village dans le coin? Non? Mais alors?... tu es perdu?

- Monsieur... j'ai perdu ma maison au bord du fleuve. Emmenez-moi avec vous.

«Monsieur» a un visage mangé par une barbe noire et deux yeux bleus, lumineux, très doux. Mais sa voix est si forte qu'elle semble jeter les mots comme des cailloux.

Il gesticule sans même s'en rendre compte et la lampe balaie le désert, révélant ici et là des éclats étranges, comme si mille et mille chats couraient tout autour d'eux.

- Pas si vite, mon bonhomme. Ma bagnole est en rade et je ne suis pas bonne d'enfant, moi! Faut pas croire... le désert, je le traverse et je n'ai pas l'intention d'y passer ma vie. Ce que j'aime, c'est Paris et les bords de la Seine, et les rues de Ménilmontant! Le désert, c'est bien joli, c'est l'aventure, mais je ne vais pas en faire des pâtés de sable! Si tu veux tout savoir, je ne tiens pas à perdre mon temps ici. Je participe à une course automobile. Sans cette sacrée panne, je serais dans les trois premiers du classement général! Tu te rends compte? Et maintenant...

Deux grosses larmes roulent sur le visage de l'enfant: «On est loin du fleuve? Loin de ma maison?»

- Attends, ne bouge pas, petit. Je vais chercher mes cartes et une lampe-tempête, on y verra plus clair, non? Et puis on casse la croûte. Tu n'as rien contre, j'imagine?

L'enfant le suit sans rien dire.

Jojo farfouille dans le coffre, déplace tout un bric-à-brac et finit par en extraire la grosse lampe qu'il cherchait. Il l'allume et la pose sur le sable. Jojo et l'enfant se regardent, pris dans un grand cercle lumineux.

- Et comment tu t'appelles?

L'enfant ne dit rien, fait un geste vague et s'assoit, puis, encore une fois, machinalement, de sa main droite à demi fermée, laisse s'écouler le sable.

- Tu n'as pas de nom? C'est pas croyable! Moi j'en ai un, pas terrible, mais j'en ai un, Georges, mais on dit Jojo Tournevis. Tournevis, parce que je bricole tout le temps, tu saisis? Mais toi... tout a un nom sur cette terre! Le

13

sable est le sable, la lune est la lune, et... et si je te donnais un nom?

L'enfant attend en silence. Il n'y a presque plus rien dans sa main. Jojo Tournevis le regarde faire.

- Mais qu'est-ce que c'est que ce jeu-là? Celui du marchand de sable? Allez, souris. On va en sortir de ce désert! Pas si désert que ça, d'ailleurs, puisque nous sommes deux.

Une lueur de gaieté passe dans les yeux du gamin.

- Si tu n'as pas de nom, moi je vais t'en donner un. Devine... non, tu ne trouveras pas... je vais t'appeler «P'tit' Pince». Je crois que ça ne t'ira pas mal du tout. Il y a le désert, et puis, ton jeu avec le sable, ta main comme un outil, comme une pince, justement. Et ça, tu peux me croire, je connais bien, j'en ai toute une caisse à l'arrière! Allez, «P'tit' Pince», à table!

Sur le sable, Jojo a étendu une vieille chemise en guise de nappe. Dessus, il a disposé deux gobelets, deux assiettes de carton, plusieurs boîtes de conserve.

- Ouvre-les donc, P'tit' Pince. Avec le nom que tu as, tu ne devrais pas avoir de problèmes.

Le rire de Jojo Tournevis jaillit encore une fois, c'est une autre source.

P'tit' Pince sourit.

Les boîtes sont rapidement ouvertes.

Jojo Tournevis sort deux couteaux de ses poches.

- Bel appétit!, dit Jojo, la bouche pleine.

L'enfant dévore avec plaisir tout ce qu'il y a devant lui. Le repas s'achève bientôt. Jojo s'enroule dans une couverture.

- C'est pas si mal que ça, le désert.

- Mais pour moi, c'est triste, je préfère le grand fleuve. Il est sur tes cartes? Tu saurais y aller?

- Facile… suffit que cet engin de malheur veuille bien repartir. Le fleuve? C'est sur ma route. Regarde, on est partis de la Grande Mer, là, au nord, on devait traverser tout le désert… mais j'ai perdu la piste, je me suis égaré et avec cette panne... Bref, j'aurais dû atteindre cette ville, au bord du fleuve.

L'enfant regarde la carte avec une telle attention que les yeux lui brûlent.

Jojo bâille largement.

Tous deux penchés sur la carte, ils n'ont pas vu le ciel pâlir à l'est, ni le soleil faire son grand numéro de funambule matinal sur le fil lointain de l'horizon: ils se sont endormis.

P'tit' Pince se frotte les yeux. Il se dirige vers les rochers pour emplir deux verres d'eau. Jojo s'ébroue en grognant.

- Merci, l'ami!

Il boit.

Le soleil est déjà haut.

Jojo se redresse, se bat les flancs, puis s'approche de son automobile.

Il se frotte les mains.

- Allons-y pour une séance de mécanique!

Cela semble le réjouir.

Il soulève le capot, prend une trousse d'outils et plonge à mi-corps dans le moteur.

Bruits métalliques, jurons...

P'tit' Pince attend sans impatience.

Il a passé sa main sur le sable pour dégager une surface bien lisse. Dessus, du bout de l'index, il dessine.

Voici le fleuve et les grands arbres, et la maison dans leur ombre, voici les fleurs pâles et les fleurs éclatantes. Voici le jardin et deux silhouettes penchées. Les visages sont à la fois graves et souriants.

- Alors, P'tit' Pince, pas trop long tout ça? Qu'est-ce que tu fabriques?

La tête de Jojo reparaît, couverte de cambouis.

- Eh! qu'est-ce que tu fais?

Un chiffon graisseux à la main, il s'approche de l'enfant.

- C'est très beau tout ça! Magnifique!

- C'est pour toi, dit P'tit' Pince, en désignant son dessin.

- Merci, mais comment vais-je pouvoir faire pour le garder?

P'tit' Pince pose son index sur son front.

- J'ai pas trop de mémoire, gamin. Je préfère utiliser ça. Il montre un appareil photo sur le siège arrière de la voiture.

- Non, dit l'enfant, non.

Et, calmement, il efface le dessin. Le fleuve redevient sable, et les arbres, et les fleurs, et les visages.

-Mais il est fou, ce gosse! Complètement dingue! C'est le soleil qui lui a tapé trop fort sur le crâne! C'est pas possible...

- Non, dit l'enfant, il vaut mieux se souvenir. Ton appareil, ce n'est pas toi, c'est une machine.

Jojo paraît très en colère.

- Amusant, très amusant! Mais les machines, elles peuvent aussi nous faire vivre, garnement! Cette voiture, c'est pas une machine peut-être? Et c'est bien elle qui va nous tirer de ce désert de malheur? Non?

- Si elle veut bien repartir, si le dieu moteur le désire.

- «Le dieu moteur!» On aura tout entendu!

Jojo lève les yeux au ciel.

- Eh! Un oiseau! Regarde, P'tit' Pince, mais regarde!

- Ça va nous porter chance, certainement. C'est le premier que je vois depuis que je suis ici. Retourne à ton moteur...

Bruits, chocs, jurons, encore et encore.

Encore des poignées de sable.

Encore des heures.

- Ça y est! Ça fonctionne! Youpi!

Une longue traînée de fumée jaillit de l'arrière de la voiture, le moteur s'emballe un instant, puis se met à ronronner très régulièrement.

- Tu avais raison pour l'oiseau! crie Jojo Tournevis. Allez, monte et dépêche-toi.

En route, mauvaise troupe!

Mais sans hâte, P'tit' Pince se baisse, ramasse une poignée de sable qu'il verse dans la poche du blouson de Jojo. Puis il en saisit une autre, la laisse s'écouler et souffle les derniers grains encore posés sur sa paume.

Jojo l'a regardé faire sans dire un mot.

P'tit' Pince s'est assis à ses côtés.

Jojo appuie sur l'accélérateur, le sable gicle sous les roues.

Dans le désert, la voiture est un énorme insecte. Ils retrouvent la piste qui conduit de la Grande Mer au fleuve.

C'est une flèche grise et poussiéreuse qui file entre les dunes. Ça et là, des bidons noircis, des carcasses métalliques rouillées.

- Ce n'est pas très joyeux, dis donc, ce coin-là. J'espère qu'on ne va pas supporter ces horreurs jusqu'au fleuve. Tu parles d'un paysage! On dirait une poubelle géante.

- Tu exagères.

- J'exagère, moi? «Regardons une carte du monde... voyons... tiens! Un désert bien propre! Si on y jetait tous nos déchets?» Il y en a qui ont dû avoir des idées de ce genre, aussi tordues que tous ces bouts de ferraille qui s'étalent le long de notre route. Ces types-là, je ne les félicite pas. Si je les tenais, je leur

ferais faire le ménage, pour commencer.
Allez, hop!

Jojo ponctue son discours vengeur
d'une grande claque sur le volant.

La voiture fait un brusque écart.
Réflexe immédiat, il la remet en ligne,
comme si rien ne s'était passé. P'tit'
Pince n'a pas eu le temps d'esquisser le
moindre geste d'inquiétude.

- Le ménage dans le désert?

- Oui, parfaitement! Je leur dirais:

«Messieurs, vous voyez vos pieds?
Bravo!

Et là-bas, vous apercevez l'horizon?

Magnifique! Prenez donc ce balai,
vous allez tout me nettoyer entre les
deux!

Plus une miette, un débri, un fétu,
un brin de n'importe quoi, un résidu
d'autre chose, plus un copeau, une éplu-
chure! Je ne veux plus rien voir dans le
décor, sinon je vous fais avaler le sable
sur deux cents kilomètres pour m'ouvrir
une nouvelle piste. Vu? Exécution!»

P'tit' Pince applaudit du bout des
doigts. Jojo fait grise mine.

- Ce n'est pas amusant ce que je viens de te dire? Mon petit théâtre ne te convient pas? Moi qui croyais être plutôt bon comédien, quelle déception... J'ai peut-être affaire à un public très peu nombreux, mais difficile?

P'tit' Pince lui tape sur l'épaule.

- Ne t'énerve pas, tu vas avoir un accident.

- Ça me changerait les idées, au moins. Comme passager, j'ai connu des gens plus drôles. Tu pourrais montrer plus d'enthousiasme quand je fais le pitre.

Il grimace, hausse un sourcil, fronce le nez tout en tordant la bouche.

L'enfant reste de marbre.

- Échec, encore une fois. Ce n'était pas très fin, mais, avec ça, je pensais que je parviendrais à te faire rigoler. Enfin, beaucoup plus que le tas de sable sur lequel je t'ai trouvé!

Il lâche le volant pour accompagner sa remarque d'un superbe pied de nez à l'intention de son passager.

L'auto fait une nouvelle embardée.

- Encore? C'est une manie. Si tu continues, on va se retrouver sur le toit ou bien on va entrer de plein fouet dans ce tank abandonné.

Jojo tourne la tête dans tous les sens.

- Tank? Quel tank? Cette boîte de conserve sur chenilles, brûlée et cabossée?

- Je crois que je t'aime bien, Jojo...

- Merci, mon bonhomme.

- ... mais il ne faudrait pas me prendre pour un idiot. J'ai deviné que si tu fais le clown depuis un quart d'heure, en disant n'importe quoi, c'est pour que je ne fasse pas attention au tank et à tout le reste, à ces engins calcinés, à ces camions détruits, à ces armes brisées sur le sable que l'on voit tout au long de la piste et même sur les dunes, là-bas.

- Là-bas? Mais il n'y a rien. Rien de vrai, rien de vivant. Ce n'est que de la ferraille et la rouille la bouffera, P'tit' Pince. Elle disparaîtra un jour, le vent l'emportera. Ce n'est rien. Ne t'inquiète pas.

Une odeur d'essence et de caoutchouc brûlé s'échappe d'un amas métallique où brillent encore quelques pièces impossibles à identifier.

P'tit' Pince baisse la tête et se recroqueville sur son siège.

- C'est toi qui le dis. Ces tanks, ces automitrailleuses, ces jeeps...

- Ils n'existent plus. Tu n'as rien à craindre.

P'tit' Pince se tourne vers son compagnon de voyage, mais c'est à peine s'il se rend encore compte de sa présence. Il parle pour lui seul.

- Moi, je les ai vus. Ils ont entouré le village. Les jeeps, les automitrailleuses... Tout ce bruit! Je me suis caché. Les armes... Après j'ai couru... Si vite! Et puis, les cris, les flammes. Je les ai vus, moi.

Jojo ne dit rien. Il ralentit, stoppe la voiture au milieu de la piste.

- Je crois que c'est le moment de prendre les bidons de réserve dans le coffre et de faire le plein. Sinon, on est encore là demain. Regarde la jauge, on est presque à sec. Du côté de tes yeux, remarque, ce n'est pas le cas. Prends ces mouchoirs en papier et mouche ton nez. Et n'use pas tout le paquet, je crois que je vais en avoir besoin aussi. Pas pour les mêmes raisons que toi, tu penses! Seulement pour m'essuyer les mains après avoir rempli le réservoir. Je suis un amoureux de la bagnole, eh bien, tu me croiras si tu veux, je n'aime pas avoir les mains qui puent l'essence. C'est peut-être du snobisme, mais on ne se refait pas, qu'est-ce que tu veux.

Tout en bavardant, il fait le tour de la voiture, ôte le bouchon, verse le car-burant. Peu à peu, P'tit' Pince émerge de ses songes noirs; les balivernes de Jojo lui ont fait du bien.

- Je n'ai jamais rencontré quelqu'un comme toi, près du fleuve. Jamais. On ne sait pas quand tu plaisantes et quand tu es sérieux.

- C'est ce qui fait mon charme! Ça énerve aussi, je m'en rends compte, mais ce n'est pas nouveau. On me l'a dit tellement de fois quand j'étais gamin, tu

me l'affirmes encore aujourd'hui; ça doit
être vrai. Ma grand-mère Adèle, à Ménilmontant, utilisait un joli proverbe en
parlant de moi. Écoute bien, ça peut te
servir: «Pleine ou en quartier, la lune
sera toujours la lune!» Pour elle, ça voulait nettement dire que je serai un
éternel casse-pieds. Mais je n'aimais pas
qu'elle me compare à la lune, je me
sentais bien plus brillant. La preuve,
trente ans plus tard, je me retrouve
dans le désert à dire des âneries avec un
dénommé P'tit' Pince. «Brillant» résultat,
ne trouves-tu pas? Allez, en route! On a
assez perdu de temps en bla-bla. Le
fleuve nous attend...

- Oui, le fleuve, murmure l'enfant.

P'tit' Pince s'endort. La voiture ron-
ronne. Pour se tenir éveillé, Jojo Tournevis chantonne. Il est question de Paris
et ça voudrait ressembler à une chan-
son d'Aristide Bruant. Comme il ne se
souvient plus très bien des paroles, il
improvise et les noms de tous les quar-
tiers de la capitale se mêlent; on passe de
Montparnasse à la Bastille, et la Butte

Montmartre atterrit en plein désert! Jojo finit par se taire.

Il jette un coup d'œil à son passager.

- Sacré gamin! Je voulais gagner la course, et puis voilà, à cause de lui... Tiens, voilà du monde! Réveille-toi, P'tit' Pince, ton ticket pour les rêves ne va pas plus loin.

Jojo désigne devant eux, sur la route, un homme qui porte sur sa tête un sac blanc, très volumineux. En s'approchant, il comprend vite qu'il s'agit d'un drap qui enveloppe des objets divers. L'homme a une barbe poivre et sel qui s'épanouit sur sa poitrine.

- C'est peut-être le «père Noël» du désert? dit Jojo.

- Si tu veux savoir, demande-lui.

P'tit' Pince s'étire. Il a bien du mal à se réveiller.

- Pas moyen de plaisanter avec toi, hein? Eh bien moi, je vais lui dire deux mots. Ou même trois. On verra bien, je ne suis pas avare.

L'auto s'immobilise. Jojo en jaillit en faisant un grand geste en direction de l'homme. Celui-ci a l'air terrorisé. Il jette son paquet sur le sol et tente de s'enfuir. Il court le long de la route en petites foulées maladroites. Quelques enjambées rapides, et Jojo Tournevis le rattrape.

- Je te fais peur? Tant que ça?

Il le saisit par le bras. L'homme essaie de se dégager.

- Tu me fais mal. Prends mes affaires et va-t'en. Je te donne tout, mais laisse-moi vivre. Qu'est-ce que ça peut te faire si je vis? Tu vas oublier mon visage.

Jojo élève la voix.

- Mais qu'est-ce que c'est que ce pays? On peut plus dire un mot, tout le monde tremble, les enfants pleurent et les tanks brûlent? Où est-on? Dans un cauchemar?

- Pourquoi tu cries après moi? Je ne t'ai rien fait, je te donne tout. Maintenant, tu pars.

- Dis-moi ton nom.

Jojo a repris sa voix normale. L'homme s'écarte insensiblement de lui.

- Non, tu es fou. On ne descend pas d'une voiture si belle en plein désert pour demander son nom à quelqu'un qui ne vaut pas plus cher que son souffle. Remonte dans ta voiture, disparais.

- D'accord. N'oublie pas ton sac, grand-père.

- Tu ne me prends rien, alors?

Jojo est accablé. Il s'installe de nouveau au volant. Dans le rétroviseur, il observe le vieil homme. Il a remis le ballot sur sa tête et trottine sur le bas-côté. Déjà, on ne le voit presque plus.

- Alors? demande P'tit' Pince.

- Alors? Ce n'était pas le père Noël.

La portière claque. Jojo démarre rageusement.

P'tit' Pince l'observe à la dérobée.

- Ce n'était pas le père Noël, j'aurais dû m'en douter. Il n'avait ni hotte, ni manteau rouge, il ne possédait pas de traîneau de course tiré par des rennes survitaminés. Il n'avait qu'une barbe blanche un peu trop longue. Et une seule chose à offrir: sa peur.

- Jojo, tu es comme un enfant.

- Un enfant, voyez-vous ça! Tiens, laisse-moi deux secondes, je quitte mon jean et je mets des culottes courtes.

Il regarde droit devant lui, à travers le pare-brise sale.

Devant eux, un convoi de vieux camions, une jeep avec des soldats.

L'un d'eux leur barre la route, une mitraillette à la main.

- Qu'est-ce que c'est que ça encore? Quelque chose me dit que tu ferais bien de te planquer sous cette couverture.

Dans ce bric-à-brac qu'est ma voiture, ils n'iront pas chercher plus loin. Du moins, je l'espère.

Le soldat s'approche de l'automobile.

- Contrôle, vos papiers.

Un grand sourire éclaire le visage de Jojo.

- Mes papiers, bien sûr, mes papiers. Où est-ce que je les ai mis, ceux-là? Excusez-moi... avec le rallye, les pannes, il y a un peu de désordre dans mon véhicule.

- Ils sont peut-être là?

Le soldat désigne la couverture de
l'extrémité de son arme.

- Certainement pas! Qu'est-ce qu'ils
iraient faire là-dessous, mes papiers? La
sieste? De la spéléologie? Est-ce qu'ils
prendraient une inhalation par hasard?

Le soldat éclate d'un grand rire.

- La sieste... la spéléo... l'inhala...
Ah! Ah! Ses papiers! Elle est excellente
celle-là, vraiment! Je la ressortirai à
l'occasion. Vous venez de loin pour me
faire rigoler, on dirait?

- Oui, de Ménilmontant.

- Vous connaissez mon cousin?

Jojo le fixe, médusé.

Pour une fois, il est incapable de sortir un mot.

- Mon cousin, il me ressemble. Un grand type, très gentil. Rue Sorbier, il habite, près de la rue Robineau. Ça vous dit quelque chose?

Jojo revient sur terre.

- Le quartier, je le connais bien. C'est vers la station de métro Martin-Nadaud, tout ça. Mais votre cousin, non, je ne vois pas. On ne peut pas connaître tout le monde, cher Monsieur, même dans le quartier où l'on vit, et je le regrette bien.

- Attendez, dit le soldat.

- J'ai tout mon temps, répond Jojo. Et puis, il fait si beau par ici, c'est un plaisir!

Le soldat sort un carnet de la poche de son treillis, gribouille rapidement quelque chose. Il déchire un feuillet, le tend à Jojo.

- L'adresse de mon cousin. Si vous retournez bientôt à Paris, allez le voir de ma part. Vous lui direz que je va. et que toute la famille le salue. Ma _ fille rêve d'une seule chose, une bc avec la tour Eiffel et la neige qui tom: Vous savez... par ici, il n'y a rien de plu exotique.

- Elle ne préfère pas le Sacré-Cœur? demande très sérieusement Jojo. Avec la neige aussi, naturellement.

- Non, c'est sur la tour Eiffel qu'elle a fixé son choix.

- Je le note. Et avec ça, ce sera tout?

- Mon cousin ne sait pas écrire. Pour qu'on sache ce qu'il fabrique à Paris, si vous pouviez lui donner un coup de main en revenant, ce serait bien aimable.

- Un coup de plume, alors!

- Vous avez le mot pour rire, vous alors.

- Je vous promets que je vais essayer de le rencontrer, votre cousin. Vous l'avez bien mérité.

- Pourquoi?

- Votre amabilité. En plein désert, ce n'est pas évident. On peut se méfier,

...l'un participant au Grand Rallye. ...e repartir?

- Allez-y, mais n'oubliez pas! Mon ...sin, rue Sorbier!

Il leur fait signe de passer.

- Tu peux sortir de ta cachette, P'tit' Pince. On arrive bientôt en ville. Remarque, on n'a pas perdu notre temps, j'ai un copain d'avance quand je reviendrai à Ménilmontant.

Ils traversent un village de cabanes aux toits de tôle, puis d'immenses étendues d'herbe rase d'où surgissent des buissons, épineux comme des mains crispées sur la terre trop sèche.

Dans le ciel, pas un nuage.

Comme la nuit s'annonce, tout là-bas, vers le sud, clignotent quelques lumières. C'est la ville.

- Le fleuve, murmure P'tit' Pince, je ne le vois pas encore.

L'auto s'est arrêtée sur une grande place. Un marché se tient là. C'est tout un remue-ménage, une sorte de tourbillon de couleurs et de bruits. Jojo et P'tit' Pince partagent la même surprise, après tout ce temps passé dans le désert.

- On se croirait boulevard de Belleville. Il y en a des commerçants! mais il fait quand même plus beau ici.

- Pourquoi? Il n'y a jamais de soleil dans ton Paris?

- Bah! Chaque fois que je descends de chez moi pour faire des courses, c'est un fait exprès, il pleut des cordes. J'y gagne un rhume à tous les coups et ça me met de mauvaise humeur. Tout me paraît moins bon, même les recettes de monsieur Malinuche, mon voisin. Il m'en a donné une, celle du «Turbot aux chanterelles sur un lit de poireaux». Ça avait l'air génial, mais comme je n'ai trouvé que les poireaux, alors j'ai fait une soupe... et j'ai rêvé le reste!

- Tu te plains quand il pleut? Tu es vraiment bizarre, Jojo. Ici, tout le monde chanterait, surtout après avoir mangé comme il faut.

Ils descendent de voiture.

Tout près d'eux, des lignes de chevaux et de dromadaires qui sont attachés à des piquets et broutent on ne sait trop quoi dans la poussière.

- Tu n'as pas faim? Regarde donc! Il n'y a pas que les poireaux dans la vie, mon garçon. Je suis prêt à toutes les expériences culinaires, moi.

Des feux de camp brûlent ici et là. Des femmes s'activent tout autour, préparant de grands plats de légumes, de viande, avec des gestes précis et de grands rires. Des histoires montent et disparaissent avec la fumée.

- Qu'est-ce qu'elles disent?

- Elles se moquent de toi, de tes coups de soleil et de ta voiture cabossée.

- Elles n'ont pas tort... je me suis vu tout à l'heure dans le rétroviseur: un véritable épouvantail! Ça ne m'étonne plus qu'on ait rencontré si peu d'oiseaux depuis ce matin!

Dans un coin de la place, des ballots de marchandises se dressent comme des espèces de murailles; leur ombre protège quelques dormeurs et les jeux des enfants. C'est le royaume des mille cachettes.

- J'ai couru comme eux, autrefois.

- P'tit' Pince, tu n'es pas encore un vieillard! Ne me fais pas le coup du grand sage revenu de tout.

- C'est que je n'ai plus envie de taper dans les mains ou de courir après les autres.

- Ça reviendra, mon bonhomme, ça reviendra. Et si on cassait un peu la croûte? Désolé de revenir sur ce sujet bien terre à terre, mais quand mon nez est assailli par toutes ces odeurs sublimes, je craque!

Ici et là s'élèvent des tentes; on y entre un peu mystérieusement en écartant une lourde toile. Ce sont des boutiques.

- Tu sais, Jojo, on y échange autant d'objets que de nouvelles. Ici, le désert et le fleuve se parlent. C'est ce qu'on disait chez moi.

Des clients sortent des tentes en tenant précieusement dans leurs mains des fruits éclatants ou des herbes sauvages, et certains s'étonnent de la lumière d'un bijou ou d'une étoffe.

Ils se dirigent vers le centre de la place. À l'ombre d'un gros arbre, de petits marchands, pas plus vieux que P'tit' Pince, présentent, à même le sol ou sur une mince bande de tissu, des gâteaux au miel, des cigarettes à l'unité, deux ou trois fruits, quelques piments, des galettes.

D'autres interpellent les passants pour les attirer près de leur éventaire où tintent des tasses de métal; ils versent le thé sucré ou l'eau pure contre une pièce et un sourire. Mêlés à la foule, Jojo et P'tit' Pince vont et viennent, noyés dans le vacarme.

Ils s'attardent devant certaines activités devenues spectacles; ici, on commence à charger les bêtes, là, un jongleur s'exerce, un musicien travaille son instrument et nul ne s'éloigne, quand une rixe éclate à propos d'un billet déchiré ou d'un air joué sans entrain. Les bruissements des conversations envahissent l'espace. Pour P'tit' Pince, c'est presque douloureux. Il a perdu l'habitude de ces paroles confiantes, quotidiennes. C'est une merveille de dire bonjour sans crainte, de saluer ses amis, de faire ses courses en flânant à travers les couleurs des étals, les senteurs des fruits ou bien de s'amuser des grimaces de son propre visage dans les reflets d'une simple bassine d'eau.

P'tit' Pince, rassasié de parfums, de gestes et de bruits, tire son ami par la manche.

- J'ai compris, il faut que l'on reparte, c'est ça?

- Je ne suis pas si pressé.

- C'est ça, beau menteur! Je commence à te connaître. Allez, on y va.

Il ouvre la portière de l'auto avec précaution. Avec tout ce qu'elle a subi, il vaut mieux être prudent. Un geste de trop et elle s'écroule dans un vacarme épouvantable. C'est un cauchemar que Jojo fait parfois, avec les mêmes images. Il s'est déjà réveillé en sursaut, déchiré par la sensation violente que sa belle voiture de rallye venait de se désagréger sous ses yeux!

En plein jour, il évite encore d'être trop brutal: on ne sait jamais. L'allure qu'il aurait avec sa voiture démantibulée, réduite en pièces informes autour de lui!

- Tu as l'air d'y tenir, à ton tas de ferraille!

- Tu pourrais être poli avec elle.

- C'est vrai, elle m'a sauvé la vie.

P'tit' Pince fait mine d'embrasser le volant, la boîte à gants, le levier de vitesse, la ceinture de sécurité.

- Avec ça, si elle n'est pas contente...

Jojo le regarde se démener, ses clowneries l'amusent. Il est aussi attendri de voir P'tit' Pince se laisser aller à son goût du jeu, à la liberté de l'instant. Jusqu'à présent, sa gravité lui faisait un peu peur.

Il démarre et roule à très petite vitesse à travers les ruelles.

C'est un vrai labyrinthe.

Impasses et passages étroits, courbes imprévues se succèdent. Ils auraient dû faire mille manœuvres inutiles si, depuis les toits plats ou les fenêtres, des gestes complices n'avaient guidé leur chemin.

Depuis quelques maisons déjà, une troupe de gamins est apparue et les précède de leurs cris, leur ouvrant ainsi la route.

P'tit' Pince les encourage, répond à leurs grimaces et à leurs plaisanteries. Grâce à eux, ils rejoignent une grande avenue.

Sur un bâtiment moderne, d'allure officielle, des drapeaux claquent au vent.

À côté, la poste et, barrant la rue principale, une grande banderole: «BIENVENUE À LA COURSE».

Dessous, une estrade vide, décorée d'inscriptions publicitaires placardées dans tous les sens. Ici, elles paraissent appartenir à une autre planète.

Jojo s'en rend compte soudain, c'est du monde qui est le sien dont elles parlent. Ces affiches que le vent du désert a déjà à moitié déchirées, ces couleurs violentes, ces personnages à la chevelure impeccable, aux vêtements

sans un pli de trop, bien trop parfaits, rappellent ces petits bonshommes de carton qu'il découpait dans son enfance et qu'il faisait tenir sur la table de la cuisine, grâce à une languette soigneusement pliée. Il les déplaçait entre le pot de moutarde, devenu le plus grand building de la ville qu'il avait imaginée, et le bol de café qu'il avait élevé au rang de dôme spatial.

Si les habitants de «Jojoville» portaient des costumes différents, leurs yeux avaient tous la même forme et leur sourire figé dessinait exactement la même courbe.

- Tu rêves?

La voix de P'tit' Pince le ramène à la réalité.

Une charrette passe, tirée par un très vieux cheval; des enfants aident un commerçant à mettre sur le toit de sa voiture rafistolée les objets les plus divers. C'est un miracle si l'amas de ballots et de meubles, attachés de façon très mystérieuse, ne s'écroule pas sur les passants qui commentent l'opération avec de grands rires, tout en se gardant de proposer leur aide. Au-dessus de leurs têtes, la banderole claque sans cesse, mais personne ne la regarde. Il faudrait qu'elle se détache, s'envole par-delà le marché et les toits de la ville pour qu'on la remarque. Elle deviendrait un grand oiseau de légende, un rêve perdu dans le vent; elle finirait peut-être par se poser très loin d'ici, sur une dune, sur un rocher, où le soleil la brûlerait longtemps, jusqu'à la rendre complètement illisible.

Sur le sol volent des journaux froissés.

Un brusque coup de vent en plaque quelques feuilles contre le pare-brise. D'un geste vif, P'tit' Pince passe sa main par la vitre et s'en empare.

- Comment va le monde, ces jours-ci? Quel temps fait-il à Paris?

P'tit' Pince avec de grands gestes tout à fait exagérés feint de se plonger dans la plus sérieuse des lectures, produisant par instant des «hum!, hum!» d'approbation ou de mécontentement.

- «Hum, hum»? C'est tout ce que tu as à me lire?

- Il y a des guerres, des tremblements de terre, une découverte scientifique très importante, tout de même. Et ils ne disent rien du tout du temps qu'il fait à Paris. Ça ne doit pas avoir d'importance.

- Voilà! c'est bien les journaux, ça! Et la couleur de la Seine, un matin de printemps, avec une petite pluie sur le marché aux fleurs, ça n'a pas d'importance? Mais il n'y a qu'eux pour le croire. Les petits bonheurs, ça devrait faire les gros titres! Tiens, imagine... «P'tit' Pince, à 10 heures du matin, mange une tartine. Lire ci-dessous l'article de notre envoyé spécial...»

- Dans la tartine?

Jojo et P'tit' Pince éclatent de rire.

Brusquement, l'enfant désigne une photographie dans un coin de page.

- Regarde, Jojo, la photo de ta voiture! Comme elle était belle!

Le pilote se penche rapidement, jette un coup d'œil.

- Oui, on peut le dire. Mais c'était, il y a des siècles de cela, au moment du départ.

- Il y a huit jours, si on regarde la date.

- Huit jours? Depuis, elle en a vu des vertes et des pas mûres, Zonzon.

- Zonzon?

Jojo rougit, assez mal à l'aise, et se lance dans une explication lamentable.

- C'est son nom... tu comprends? À cause du bruit, quand le moteur tourne rond, parfaitement mis au point par Jojo Tournevis, mécano de génie. Et puis Zut! Zonzon, c'est joli et amusant, non?

P'tit' Pince se tapote le menton.

- C'est une explication. Mais en vérité, je crois bien que tu l'as baptisée exactement comme un petit enfant peut le faire, avec un jouet qu'il a fabriqué avec deux bouts de bois et un vieux morceau de tissu. Tu ne dois pas avoir plus de huit ans, alors?

Il adresse à Jojo un regard faussement soupçonneux.

- Tu peux te moquer, je le mérite bien. Je n'ai pas huit ans, si ça peut te rassurer, je ne suis qu'un vieil imbécile. Mais ce qui me console, c'est que beaucoup de concurrents du Grand Rallye ont fait comme moi. Après tout, on donne bien un nom aux chevaux, pourquoi pas aux automobiles?

Jojo ralentit encore l'allure.

Zonzon avance très doucement, semble glisser sur la chaussée mal entretenue, s'arrête devant l'ambassade.

P'tit' Pince regarde les lettres dorées de la plaque qui orne le portail. Il se retient de pleurer et essaie de reprendre la conversation comme si de rien n'était.

- C'est vrai, mais c'est dommage que ça reste secret. Ça donnerait des résultats amusants dans les journaux ou à la télé.

Jojo prend une voix de mauvais commentateur sportif.

- Et voici l'arrivée dans un mouchoir de poche, quelle lutte! Top! Première, Dudule! Deuxième, Bilou! Troisième, Zonzon, pilotée par le fameux

Jojo Tournevis! C'est magnifique! La foule en délire se précipite et... j'ai oublié que j'ai été déclassé quand je suis tombé en panne. Je n'étais plus dans les temps. C'est bien ma veine... et puis, j'ai un peu traîné avec un certain P'tit' Pince, j'ai pris mon temps, j'ai fait du tourisme. Enfin, presque.

Il soupire.

- C'est ici qu'on se quitte. P'tit' Pince, annonce Jojo en tirant sur le frein à main, faut que je téléphone à Paris.

- Non, non. Tu viens avec moi.

- Je ne peux pas... La course, même si elle est finie. Des gens à voir...

- Mais tu as déjà perdu! s'exclame l'enfant.

Jojo fait une drôle de tête.

- C'est vrai, j'ai perdu. Mais pas tout, je crois; j'ai au moins gagné une poignée de sable.

Il frappe du plat de la main la poche rebondie.

- Et un ami, dit P'tit' Pince.

- Et un ami, dit Jojo, un vrai, un bel ami, venu du vent et du désert.

- Là, tu te trompes. Je viens du fleuve. Et il faut que tu m'y accompagnes.

- Bon, ça va, tu as gagné. Tu me guides? Faut se dépêcher, c'est bientôt la nuit. Et puis j'ai hâte de voir à quoi il ressemble, ton fleuve. Depuis le temps que tu m'en parles, ça doit être au moins la huitième ou neuvième merveille du monde! Tout aussi fabuleux que dans les contes de mon enfance; l'eau roule des pépites d'or, les poissons ont des yeux de rubis et, quand on plonge, on fait des rêves si beaux que l'on ne veut plus jamais en sortir. C'est de la faute d'un magicien qui...

- C'est toi le magicien, Jojo.

- N'exagérons rien, veux-tu? Nul n'est plus modeste que moi!

L'enfant lui désigne une ruelle qui s'enfonce entre deux vieilles boutiques aux enseignes peintes de couleurs vives. La voiture de Jojo s'y engage prudemment. Puis, c'est un chemin en pente douce, bordé de murets écroulés.

L'auto cahote dans les ornières.

Derrière un bouquet d'arbres, enfin, le fleuve.

- C'est une vraie mer, dit Jojo, ébahi, on voit à peine l'autre rive. La Seine ou la Loire, à côté, on dirait des ruisseaux! C'est magnifique, pas besoin d'or dans ton fleuve!

Des pirogues sillonnent la large étendue d'eau, des cris, des appels, des chants ricochent à la surface. C'est tout de même un peu de la magie; sur chaque embarcation brille une lumière. On ne voit que des silhouettes aux gestes rapides et des reflets argentés, prisonniers un instant des filets. Et puis il n'y a plus que la danse de l'eau sous la lune. P'tit' Pince ne peut détacher les yeux de ce spectacle.

- On dirait que le fleuve est à toi, dit Jojo Tournevis.

Et sur la rive, protégés par des palissades, une multitude d'enclos et de petits jardins d'où proviennent des bêlements, des mugissements et l'odeur du bois brûlé.

- Chez moi, dit l'enfant, c'est un peu

comme cela. Il y a le jardin près de la maison et...

Sa voix s'étrangle.

Jojo désigne un chemin herbeux qui serpente le long de la rive.

- C'est par là? Tu sais, la voiture ne pourra jamais y passer.

- Allez, viens, on y va. Grimpe sur mes épaules.

Jojo marche sans hâte.

Il se souvient d'autres marches, lentes et tranquilles, dans le soir.

C'était lui qui se tenait alors sur les épaules de son père.

Et il était heureux que toute la ville, tout Paris puisse le voir si grand.

Des voix montent vers lui, des sourires. Aujourd'hui, seul le fleuve murmure tout près, un fleuve qu'il reconnaît presque. Il en rêvait souvent lorsqu'il ouvrait des volumes anciens de récits de voyages, qu'il pouvait à peine tenir sur ses genoux.

Ce soir, avec P'tit' Pince sur ses épaules, il se promène peut-être dans une illustration d'un de ces livres-là?

Mais non, il a les yeux grands ouverts. Il sait qu'il n'a plus huit ans.

Tout ce qu'il éprouve ici, ce n'est pas un songe. Lui qui ne vivait que pour la mécanique, la vitesse, la compétition! Mais le fleuve qui coule non loin, P'tit' Pince, cette nuit du bout du monde ont tout bouleversé. Même le Paris de son enfance qui brille toujours dans sa mémoire semble être, ce soir, un mauvais décor de cinéma.

Il fait nuit noire maintenant.

Des herbes lui fouettent les chevilles, des parfums montent de la nuit, mêlés à l'odeur du fleuve, et, peu à peu, il comprend tout. Il a marché deux bonnes heures s'il en croit sa montre.

P'tit' Pince et lui ont très peu parlé. Mais l'enfant a pu lui dire les secrets de chaque bruit de l'ombre, le passage d'un animal, la quête d'un chasseur. Il a pu lui indiquer, au fur et à mesure, où ils étaient exactement, malgré l'obscurité profonde: voici le champ de mes parents, le pont de bois sur le ruisseau... par ici paissent les troupeaux...

- C'est ici, dit P'tit' Pince.

Jojo sent la pression des doigts de l'enfant sur son front.

Entourée d'une haie d'arbustes où pépient d'invisibles oiseaux, c'est une cour au sol de terre battue, parfaitement balayée. Ils y pénètrent. En son centre, flambe, haut et clair, un amas de branchages.

P'tit' Pince saute à terre.

Non loin, parcourue d'ombres dansantes, la maison.

Assise près de l'ouverture principale pratiquée dans un mur de torchis, il y a une femme.

- Maman! Maman! dit l'enfant en se précipitant vers elle.

La femme se lève brusquement.

Elle ne dit rien.

Elle se baisse un peu, écarte les bras. Jojo les regarde s'étreindre un instant, puis il tourne les talons.

Déjà, il a franchi les limites du jardin, il est de l'autre côté de la haie.

P'tit' Pince court après lui, le retient par la main.

— Reste.

Il ne supplie pas, il demande tout simplement.

— Ce n'est pas possible, tu le sais bien.

— Pourquoi?

— Le dieu moteur ne le veut pas, dit Jojo en souriant. Au fait, je te rends cette poignée de sable. Je crois que je n'en ai plus besoin.

Jojo plonge la main dans sa poche, la retire, écarte lentement les doigts, un mince filet doré coule et se transforme en une poussière blonde que le vent emporte, bien avant qu'elle ait atteint le sol.

P'tit' Pince le regarde droit dans les yeux.

- Pourquoi?

- Parce que tout est là désormais, dit Jojo en désignant son front.

- Et là, dit l'enfant en désignant son cœur.

Jojo esquisse un geste qui pourrait passer pour un salut et finit par tirer d'un coup sec la fermeture de son blouson.

Il s'éloigne le long du fleuve.

P'tit' Pince demeure immobile près de la haie du jardin.

La lune est maintenant très haute sur le fleuve et son reflet tremble un peu.

Jojo Tournevis remonte son col.

Il fait soudain un peu plus froid.

- Ce doit être le vent de la nuit qui vient du désert...

Volet informatif

Rédaction:
Francine Joly

Collaboration spéciale:
Nadia Ghalem

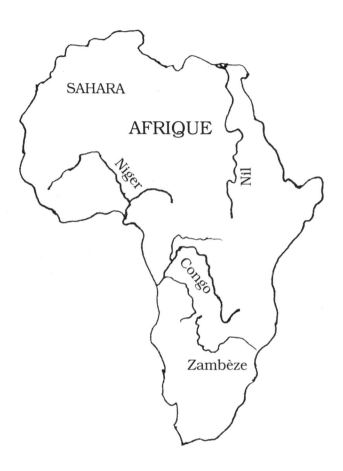

L'AFRIQUE

L'Afrique est un continent chaud. À cause de l'extrême sécheresse qui y règne, ses principaux grands fleuves gagnent difficilement la mer. Ce qui fait que plus de la moitié du territoire est privé d'écoulement vers la mer. Le continent africain ne compte que quelques grands fleuves. Ce sont le Nil, le Niger, le Congo et le Zambèze

LE DÉSERT
Les richesses du désert

Le terme «Sahara» provient d'un mot arabe qui signifie «région inexplorée». Il s'agit aussi d'un vaste désert d'Afrique. Le désert n'est pas plat, mais parsemé de collines de sable. Vu la hauteur parfois élevée de ces collines et le risque de s'enfoncer dans le sable mou pour les franchir, on est souvent obligé de les contourner. De plus, le vent modifie constamment le paysage désertique en soufflant sur la crête des collines. Voilà pourquoi aucune carte géographique du désert ne peut se révéler précise.

Le Sahara, qui est le plus grand désert au monde, s'étend sur 8,1 millions de kilomètres carrés. C'est une véritable mer de sable et de pierre. Contrairement à ce que l'on pourrait croire, seulement 27 % de la surface du Sahara est composée de sable! On y trouve aussi des montagnes, des rochers et des pierres volcaniques. Le climat y est si difficile, et la nourriture et l'eau si rares, que seulement 1,5 million d'êtres humains y vivent, ce qui donne une densité d'à peine 0,18 habitant au kilomètre carré.

Les Touareg

Les nomades du Sahara s'appellent Touareg, ce qui signifie «peuple voilé». Ils voilent en effet leur visage pour se protéger du soleil et des tempêtes de sable. Nomade vient du grec *nomados* qui signifie «fait paître». Les nomades n'ont pas de domicile fixe, car ils doivent se déplacer fréquemment pour suivre leurs troupeaux. Ils vivent principalement de l'élevage. Leurs bêtes sont constamment à la recherche de nouveaux pâturages. Les Touareg sont donc obligés de voyager pour pouvoir alimenter leurs animaux. Ils traversent également le désert pour aller vendre leurs moutons et leurs chèvres au marché populaire.

Les peuples du désert ne sont pas tous des nomades. Certains sont sédentaires, c'est donc dire qu'ils s'établissent en permanence dans un endroit où ils peuvent trouver tout ce dont ils ont besoin pour vivre. Le terme «sédentaire» vient du latin *sedentarius* qui signifie «rester assis». Ainsi, les peuples sédentaires n'ont pas à se déplacer constamment.

Le souvenir de la mer et de la forêt

Il y a très longtemps, le Sahara était une mer. On en a la certitude à cause des points d'eau que l'on trouve en creusant des puits très profonds. Il y a aussi des lacs de sel qui, comme de véritables miroirs, reflètent le ciel, faisant ainsi croire aux voyageurs assoiffés qu'il s'agit d'étendues d'eau. C'est de là que provient la fameuse légende des mirages du désert. On possède aussi d'autres preuves. En effet, certains types d'animaux marins ont survécu et se sont adaptés au désert, les poissons de sable, par exemple. Ensuite, quand la mer a disparu, il y a environ 3000 ans, des forêts, des lacs et des rivières sont apparus.

Les plus anciennes bandes dessinées au monde

Il y a des milliers d'années, sur les parois de pierre des grottes, des hommes ont tracé des dessins qui racontaient leur vie. À cette époque, il y avait au Sahara de la verdure et des animaux. Les peintures rupestres, soit les dessins des hommes préhistoriques, relatent des cérémonies religieuses, des scènes de chasse ou de vie et de mort. Ce travail était effectué par des artistes qui avaient le sens du mouvement et du graphisme. Grâce à ces peintures, on sait qu'il se faisait à l'époque des échanges avec l'étranger et que l'on était en contact avec la civilisation égyptienne des pharaons.

On retrouve des peintures rupestres au Tassili à l'Acacus Tadart, au Tibesti et au Hoggar. Certaines datent de plus de 8000 ans.

Un climat surprenant

Ce qui surprend quand on arrive au Sahara le jour, c'est le silence. Le silence et le vent ressemblent à une symphonie. Vu que l'on peut voir très loin, on se sent presque envoûté; cela explique peut-être pourquoi le mot «Sahara» veut dire «désert», mais aussi «ensorceleur». Tous ceux qui sont allés au Sahara se rappellent cet état particulier dans lequel ils ont été plongés, loin des villes et des forêts. Toutefois, s'il y fait très chaud le jour, plus de 30 °C, il peut y faire très froid la nuit, soit jusqu'à -4 °C. Il peut y avoir un écart de 35° entre le jour et la nuit. La nuit, dit-on, on entend craquer les roches et éclater les pierres, vu le grand contraste de températures.

Le vaisseau du désert

Vous l'avez deviné, il s'agit de l'animal qu'on appelle à tort «chameau», alors que son vrai nom est «dromadaire». Ce dernier n'a qu'une seule bosse sur le dos, alors que le chameau, lui, en a deux.

Le dromadaire est merveilleusement adapté à son environnement. Dans son cas, on peut dire que la nature a bien fait les choses. D'abord, il peut avancer et même courir sur le sable, parce que ses sabots sont assez larges pour lui permettre de ne pas s'y enfoncer; un peu comme le renne des régions nordiques dont les sabots sont

adaptés à la neige. Mais là s'arrête la comparaison, car le dromadaire est d'abord et avant tout un mammifère qui peut rester longtemps sans boire. Il peut ainsi perdre jusqu'à 30 % de son poids en eau, sans souffrir. Mais attention, lorsqu'il arrive à une oasis ou à un puits, il peut boire de 73 à 168 litres d'eau par jour! Il possède de longs cils qui protègent ses yeux du vent et du sable, ainsi que des narines musclées qu'il peut fermer pour ne pas respirer la poussière. Le dromadaire est sur terre, paraît-il, depuis bien longtemps. D'ailleurs, on retrouve sa silhouette sur des fresques datant de 3500 ans avant Jésus-Christ!

Cet animal a ce que l'on pourrait appeler un caractère de chameau, car il faut beaucoup d'habileté pour le domestiquer et s'en servir. Quand il se fâche, il lui arrive de cracher comme le lama. La bosse sur son dos constitue une réserve de graisse qui lui permet de se déplacer longuement dans le désert et de consommer très peu de nourriture, parfois seulement des noyaux de dattes qu'il broie avec ses grosses molaires.

Au fait, l'expression «rouler sa bosse» viendrait-elle de ces grands voyageurs du désert?

Les animaux du désert

Malgré le rude climat du désert, certains animaux arrivent à survivre: serpents, scorpions et lézards, dont les fameux poissons de sable. Il y a aussi la gerboise, ce petit mammifère qui ressemble à un minuscule kangourou avec ses pattes arrière allongées. La gerboise est très recherchée par certains nomades qui la chassent pour la finesse de sa chair.

Le renard du désert

Dans le désert du Sahara, on trouve un magnifique petit renard que l'on appelle

fennec. Il est très malin et ne se laisse pratiquement jamais apprivoiser. Si on le capture, il trouve presque toujours un moyen de reprendre sa liberté. Il a une très bonne vue et ses yeux deviennent phosphorescents la nuit. Quant à ses grandes et larges oreilles, elles lui permettent d'entendre le moindre bruit. Le fennec chasse les insectes, car il recherche l'eau que ceux-ci contiennent.

La richesse de l'eau

«Ce qui embellit le désert, dit le petit prince, c'est qu'il cache un puits quelque part...»
(Le Petit Prince de Saint-Exupéry)

Dans le Sahara, celui qui possède un puits détient le pouvoir. D'ailleurs, les légendes abondent non seulement sur les batailles pour l'eau, mais aussi sur les oasis miraculeuses. Les hommes ont eu la sagesse de se regrouper autour des points d'eau et d'y cultiver des palmiers, tant pour les dattes que pour l'ombre, surtout afin d'empêcher l'érosion du sol. De plus, à l'ombre des palmiers, on élève moutons, chèvres, ânes et parfois chevaux. On cultive également des fruits et des légumes. Un véritable petit paradis terrestre! Après tout, c'est ça une oasis... L'oasis est une étendue déserte sur une mer de sable, reconnaissable à la présence de palmiers et d'un point d'eau. La sécheresse du désert n'est pas le seul élément qui menace un paradis aussi précieux. De grands nuages de sauterelles se déplacent fréquemment avec le vent, détruisant ainsi toute forme de végétation sur leur passage.

Dans les oasis vivent les sédentaires, soit des personnes qui habitent au même endroit toute leur vie. Ils accueillent souvent les nomades qui, eux, passent leur temps à naviguer comme des marins, à

travers le désert, pour transporter des marchandises en vue d'en faire le commerce.
Entre deux oasis, les voyages peuvent parfois durer des mois.

Le dattier

La présence du palmier dattier dans le
désert est toujours un signe qui indique que
l'on peut creuser un puits pour obtenir de
l'eau. Pour que le dattier puisse croître, ses
racines doivent atteindre l'eau souterraine.
Cet arbre produit des dattes en abondance.

Les palmiers que l'on trouve dans les
oasis fournissent également du bois de
construction et des palmes pour la van-
nerie, la fabrication de chaussures et le
rembourrage des selles, afin de rendre les
voyages à dos de chameau plus confor-
tables. Bref, le palmier dattier représente
pour l'habitant du désert le bien le plus
précieux.

PARIS

La ville de Paris est la capitale de la France.
Sise à un point de convergence de fleuves et
de routes, elle s'est développée aux abords
de la Seine où s'élèvent des plateaux comme
Ménilmontant et Montmartre.

Ménilmontant est un quartier de Paris qui a été populaire dans les années 1940-1950. Aristide Bruant fut, quant à lui, un chansonnier français. Depuis les années 1980, la Bastille est le quartier à la mode, célèbre pour ses peintres, ses artistes et ses galeries d'art installées le long de la Seine. La Bastille fut avant tout une forteresse de Paris construite au XIVe siècle. Elle devint une prison au XVIIe siècle sous le règne de Louis XIII.

Sur la colline ou la butte Montmartre, dans la région de Paris, se trouvent, entre autres, deux monuments historiques célèbres: l'église Saint-Pierre, fondée en 1134, et la basilique du Sacré-Cœur, construite vers la fin du XIXe siècle.

VERSAILLES

Versailles est une ville située à 14 kilomètres au sud-ouest de Paris. Sous le règne de Louis XIV, son palais royal fut l'un des foyers de l'art classique français. Le château de Versailles abrite un musée de peintures et de sculptures relatant l'histoire de France. Devenue cité royale en 1662, la ville demeure un site historique sur le plan de l'architecture qui date du XVIIe et XVIIIe siècle.

LE PETIT PRINCE ET P'TIT' PINCE

On peut écrire en imitant le style d'une œuvre qui existe déjà. Cet exercice, qui s'appelle pastiche, permet à un écrivain de créer un effet spécial, une sorte de parallèle entre deux œuvres.

Dans *Le Petit Prince*, Antoine de Saint-Exupéry relate sa rencontre avec un enfant venu d'une autre planète. Cette histoire se passe dans le désert du Sahara et traite de l'amitié, de l'humanité et des qualités morales. *P'tit' Pince* est aussi l'histoire d'une rencontre dans le désert. Plusieurs petits détails font penser au *Petit Prince*.

ANTOINE DE SAINT-EXUPÉRY

Antoine de Saint-Exupéry était pilote de ligne sur le parcours Toulouse – Casablanca.

Aviateur audacieux et ingénieux, il cherchait toujours à battre des records. Par ses essais et ses découvertes, il a beaucoup contribué à l'évolution de l'aviation. Son audace l'entraînait parfois à faire des atterrissages forcés dans le désert. En 1935, par exemple, devant effectuer un vol Paris – Saïgon, il a dû marcher, à la suite d'une panne, pendant cinq jours dans le désert avant d'être recueilli par une caravane.

Son roman *Le Petit Prince* reflète son expérience de la vie. Le 31 juillet 1944, à 8 h 30, il décolle pour ne jamais revenir. On croit que son avion a été abattu par les avions allemands en reconnaissance au large de la Corse. Son œuvre littéraire illustre le combat pour la vie et l'importance de toujours garder espoir.

LEXIQUE

AMBASSADE:
Lieu ou bâtiment où travaillent les représentants d'un pays à l'étranger.

BALLOT:
Paquet rassemblant divers objets.

CAMBOUIS:
Graisse ou huile épaisse, brune ou noire, qui lubrifie certaines pièces métalliques d'un moteur.

CHANTERELLE:
Champignon au chapeau doré comestible (qui se mange), appelé aussi girolle. En raison de son parfum délicat et fruité, il demeure l'un des champignons les plus appréciés des fins gourmets.

DUNE:
Colline de sable créée par le vent, qui a la même forme qu'une grande vague. Comme les vagues de la mer, elle grossit et se déplace.

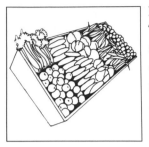

ÉTAL:
Table sur laquelle sont exposées les marchandises, tel un comptoir de fruits et légumes, sur la place du marché.

ÉVENTAIRE:
Étalage de marchandises exposées à l'extérieur d'une boutique et destinées à la vente. Cette façon de faire du commerce est très courante dans les pays chauds.

FÉTU:
Petit brin de paille.

HOTTE:
Grand panier léger, généralement fait de paille ou d'osier, que l'on porte sur le dos à l'aide de bretelles et qui peut servir au transport de divers objets.

L PLEUT DES CORDES:

Expression pour dire qu'il pleut beaucoup,
ou très fort. On dit aussi «il pleut à boîte
debout» ou «il pleut des clous».

JAUGE:

Instrument qui sert à mesurer le niveau de
l'essence dans le réservoir d'essence ou de
l'huile dans le compartiment du moteur.

LABYRINTHE:

Réseau compliqué de chemins et
d'impasses dont on a du mal à trouver
la sortie.

LAMPE-TEMPÊTE:

Lampe à l'huile dont la
flamme est particuliè-
rement bien protégée
contre le vent et les
intempéries.

LICHEN:
Végétal complexe formé de l'association d'un champignon et d'une algue, très résistant à la chaleur, au froid et à la sécheresse. Le lichen peut pousser sur des rochers et des troncs d'arbres.

MÉDUSÉ:
Fortement étonné, surpris au point de ne pouvoir dire un seul mot.

ORNIÈRE:
Par opposition à un beau chemin égal et uni, l'ornière est une trace plus ou moins profonde creusée dans les chemins de terre par les roues des véhicules. Ce mot est employé dans l'expression «sortir de l'ornière» pour dire qu'on se dégage de la routine ou d'une situation difficile.

POIREAU:

Légume dont on consomme la partie blanche, qui est la racine, et la verte, les feuilles. Il s'agit d'une plante à bulbe dont le goût se rapproche de l'échalote et de la ciboulette.

PORTAIL:

Entrée principale d'un bâtiment, comportant une ou plusieurs portes de grandes dimensions, sur une façade d'édifice comme une église ou une ambassade.

RADE:

Bassin ouvert vers la mer où les bateaux sont ancrés. On utilise ce mot dans l'expression «être en rade» pour dire «être en panne».

RALLYE:

Course où les concurrents, le plus souvent des automobilistes, doivent atteindre un lieu déterminé après avoir surmonté diverses épreuves selon un itinéraire établi.

RENNE:
Aussi appelé caribou, le renne porte sur sa tête des bois aplatis qui lui servent à découvrir sous la neige les lichens dont il se nourrit.

RIXE:
Querelle violente accompagnée de menaces et de coups.

RUBIS:
Pierre précieuse d'un rouge vif.

SPÉLÉOLOGIE:
Science ou discipline sportive permettant d'étudier et d'explorer les cavernes souterraines.

TURBOT:
Poisson plat et ovale répandu dans l'Atlantique et la Méditerranée. Sa chair est très estimée des grands amateurs de poisson.

«L'IMPRIMEUR»

• Cap-Saint-Ignace
• Sainte-Marie (Beauce)
  Québec, Canada
  1995

B575p

D ooo 98432

Etat physique: AB (Abîmé)
Pp. 29-34 Groiseées. MG.